N° de projet 10100178 (VI) - (33,5) - (CSBTS 170)
Dépot légal : janvier 2003
Imprimé en Italie par Officine Grafiche De Agostini
Conforme à la loi n° 49-956 du 16 juillet 1949
sur les publications destinées à la jeunesse.
ISBN : 2-09-202114-1

CENDRILLON

Conte de Perrault
Illustré par Édith Baudrand

NATHAN

Il était une fois un gentilhomme, qui,
après avoir perdu sa première femme, se remaria
avec une autre, très fière et très hautaine.
Elle était mère de deux filles aussi désagréables
qu'elle, alors que son mari avait de son côté une fille
d'une douceur et d'une bonté exceptionnelles.
À peine le mariage célébré, la belle-mère fit éclater
sa mauvaise humeur et s'en prit à la fille de son mari.
Elle ne pouvait supporter sa gentillesse qui faisait
ressortir la méchanceté de ses deux filles.

Alors, pour se venger, elle lui fit faire tous
les travaux de la maison et elle l'envoya dormir
sur une paillasse, dans le grenier. Quand elle avait
fini son travail, la pauvre enfant s'asseyait
dans un coin de la cheminée, parmi les cendres.
C'est pourquoi ses sœurs, pour se moquer,
l'appelaient Cendrillon. Mais elles pouvaient bien
rire, car, même mal vêtue, Cendrillon étaient cent
fois plus belle qu'elles !
Un jour, le fils du roi donna un bal. Les deux sœurs
étaient sur la liste des invités. Quelle agitation
dans la maison ! On ne parlait que de ça !

— Moi, disait l'aînée, je mettrai mon habit
de velours rouge et mon col en dentelle.
— Moi, disait la cadette, je n'aurai que ma jupe
ordinaire, mais en revanche, je mettrai mon manteau
à fleurs d'or et ma barrette de diamants.
Cendrillon dut travailler encore plus que d'habitude !
Elle prépara les habits, nettoya, repassa. Gentiment,
elle conseilla ses deux sœurs sur leur habillement
et elle leur proposa même de les coiffer.
Les deux méchantes acceptèrent et se moquèrent :
— Cendrillon, est-ce que tu aimerais aller au bal ?
— Oh ! c'est impossible ! répondit la jeune fille.
— Tu as raison, on rirait bien, si on voyait une
Cendrillon au bal !

Une autre que Cendrillon, en entendant cela,
les aurait coiffées de travers, mais elle était si gentille
qu'elle les coiffa parfaitement.

Enfin, le jour du bal arriva, et les deux sœurs s'en
allèrent. Quand elle ne les vit plus, Cendrillon se mit
à pleurer.

– Tu voudrais bien aller au bal, n'est-ce pas ? dit une voix.
Sa marraine, qui était fée, se tenait devant elle.

– Oh, oui ! soupira Cendrillon au milieu de ses
sanglots.

– Eh bien ! tu vas y aller, je te l'assure. Allez,
cours dans le jardin et rapporte-moi une citrouille.

Cendrillon alla aussitôt cueillir la plus belle citrouille qu'elle put trouver. Sa marraine la creusa et la frappa de sa baguette : la citrouille fut immédiatement changée en un beau carrosse tout doré.

– Maintenant, Cendrillon, lève un peu la trappe de la souricière, demanda la marraine.

Cendrillon obéit, et chaque souris qui sortit fut changée, d'un coup de baguette, en un cheval gris pommelé. On fit un superbe attelage.

Et puis de deux autres coups de baguette, la marraine-fée changea un rat en un gros cocher aux superbes moustaches et six lézards en laquais aux habits colorés.

– Eh bien ! voilà de quoi aller au bal, Cendrillon !
Tu es contente ? lui demanda sa marraine.

– Heu, oui... Mais je ne peux pas y aller comme ça,
avec mes vilains habits !

Alors sa marraine la toucha avec sa baguette, et
ses habits furent changés en habits de drap d'or
et d'argent, tout brodés de pierreries. Elle lui donna
ensuite une paire de pantoufles de verre, les plus
jolies du monde.

– Ne quitte pas le bal après minuit ! lui dit-elle,
avant qu'elle ne parte. Car sinon tout ce qui a été
transformé redeviendrait comme avant !

– C'est promis ! dit Cendrillon, et elle partit.

Quand elle fut au château, le fils du roi courut
la recevoir. « Une grande princesse qu'on ne connaît
pas vient juste d'arriver ! » venait-on de lui dire.
Aussitôt, il la prit par la main et l'emmena dans
la salle de bal. Un silence se fit ; on cessa de danser,
les violons ne jouèrent plus ; tout le monde n'avait
d'yeux que pour l'inconnue qui venait d'entrer.
Un doux murmure emplissait la salle.
« Oh ! comme elle est belle ! comme elle est belle ! »
répétait-on partout.
Le fils du roi l'invita à danser : elle était si gracieuse,
si légère, qu'on l'admira encore davantage ; puis il
ne la quitta plus de toute la soirée. Il ne cessa de lui
parler et de la complimenter.

Cendrillon, charmée par ses paroles, oublia tout.
Elle oublia même ce que sa marraine lui avait dit.
Quand le premier coup de minuit sonna, elle pensait
encore qu'il n'était que onze heures : elle se leva
d'un bond et s'enfuit aussitôt.
Et c'est tout essoufflée, sans carrosse, sans laquais et
avec ses vilains habits que Cendrillon arriva chez elle.
De retour du bal, ses deux sœurs lui dirent :
– Il est venu ce soir une princesse magnifique ;
à minuit, elle s'est enfuie si rapidement qu'elle a
laissé tomber une de ses petites pantoufles de verre.
Le fils du roi l'a ramassée et il n'a fait que la regarder
pendant tout le reste du bal.
C'est sûr : il est amoureux de cette princesse !

Les deux sœurs disaient vrai, car quelques jours
plus tard, le fils du roi fit annoncer qu'il épouserait
celle dont le pied entrerait dans la pantoufle.
On commença par l'essayer à toutes les dames
de la cour. En vain ! On l'apporta alors chez les deux
sœurs, qui firent tout leur possible pour faire entrer
leur pied dedans. Elles n'y réussirent pas.
– Voyons voir si elle me va ! dit soudain Cendrillon.
Ses sœurs se mirent à rire et à se moquer d'elle.

Mais le gentilhomme qui faisait essayer la pantoufle
trouva Cendrillon très belle.

– J'ai pour consigne de faire essayer la pantoufle
à toutes les jeunes filles du pays. Alors, mademoiselle,
dit-il à Cendrillon, asseyez-vous là et voyons si elle
vous va !

Cendrillon s'assit, et, immédiatement, sans difficulté,
elle entra son pied dans la pantoufle !

Les deux sœurs étaient stupéfaites et elles le furent
encore plus, quand elles virent Cendrillon sortir
de sa poche l'autre petite pantoufle.

Pour comble de surprise, la marraine-fée apparut,
et, d'un coup de baguette, transforma les habits
de Cendrillon.
– Oh, la princesse du bal ! s'écrièrent les deux
sœurs… Pardonne-nous, pardonne-nous tout
le mal qu'on t'a fait ! et elles se jetèrent à ses pieds.
Cendrillon leur pardonna. Puis on l'emmena
chez le fils du roi, qui la trouva plus belle que jamais,
et l'épousa peu de jours après.
Et Cendrillon, qui était aussi bonne que belle, fit
loger ses deux sœurs au château, et les maria avec
deux seigneurs de la cour.

Regarde bien ces images de l'histoire.

Elles sont toutes mélangées.

Amuse-toi à les remettre dans l'ordre !